# 鬧鬼圖書館9

## 戲院裡的鬼

# 愛倫坡獎得主桃莉・希列斯塔・巴特勒作品

## 撇撇 ◎ 譯

### 晨星出版

# 幽靈語彙

## 膨脹 (expand)
幽靈讓身體變大的技巧

## 發光 (glow)
幽靈想被人類看到時用的技巧

## 靈靈棲 (haunt)
幽靈居住的地方

## 穿越 (pass through)
幽靈穿透牆壁、門窗和
其他踏地物品（也就是實體物品）的技巧

## 縮小 (shrink)
幽靈讓身體變小的技巧

## 反胃 (skizzy)
幽靈肚子不舒服時會有的症狀

## 踏地人 (solids)
幽靈用來稱呼人類的名稱

## 嘔吐物 (spew)
幽靈不舒服吐出來的東西

## 飄 (swim)
幽靈在空中移動時的動作

## 靈變 (transformation)
幽靈把踏地物品變成幽靈物品的技巧

## 哭嚎聲 (wail)
幽靈為了讓人類聽見所發出的聲音

# 第一章

# 有事相求

「**你**們快點來，」小約翰飄進克萊兒家客廳的時候大聲疾呼，「你們絕對不相信芬恩在做什麼！」

午夜時分，凱斯、科斯莫、媽媽、爸爸、爺爺，還有奶奶，大家都在客廳看電視。不過他們其實沒有很專注於電視上播映的節目，只是在等待克萊兒起床，打發時間。因為這個幽靈家庭，有事情想要拜託克萊兒幫忙。

凱斯無奈地問小約翰，「他在做什麼？」

芬恩是凱斯和小約翰的哥哥，他們以前一起住在老舊的校舍。那時候芬恩喜歡把一隻胳膊、一隻腳或是頭探出牆外，嚇唬他的兩個弟弟。但是有一天，他不小心把頭探得太遠而被吹到外面，爺爺奶奶試圖救他，然而風卻把他們都帶走了。

幾個月後，一些踏地人拆毀了老舊校舍。凱斯和其他相依為命的家人都跟著被迫飄到了外面，風也把他們拆散了。凱斯獨自乘著風來到圖書館，遇見了克萊兒。克萊兒是住在圖書館樓上的踏地女孩，她與她的父母還有凱倫奶奶住在一起。

凱斯曾經以為再也見不到家人了，但是他和克萊兒在偵辦一個閣樓幽靈案件的時候，找到了科斯莫；小約翰則是把自己藏進了一本書，接著被「歸

還」給了圖書館；後來凱斯、克萊兒和小約翰拜訪安養院時，找到了爺爺奶奶；爸爸媽媽則是在名叫瑪格麗特的女孩家裡找到的；接著，就在昨天，他們在艾理的家裡，找到了芬恩。

「你們一定要來看看芬恩在做什麼，」小約翰說：「他在克萊兒的房間裡。」

凱斯嘆了口氣，不管芬恩半夜在克萊兒房間裡做什麼，肯定都不是什麼好事情。

幽靈們沿著走廊飄，進入克萊兒的房間。克萊兒正在熟睡，而芬恩正在幫她綁辮子，綁……在……**床柱上？!**

「芬恩！」凱斯驚聲大喊。

「汪！汪！」科斯莫吠叫著，爸爸媽媽、爺爺奶奶都譴責地搖搖頭。

「小約翰，你這個告密者！」芬恩不悅道。

「芬恩！」凱斯說：「這麼做很不友善。」

突然間克萊兒猛地驚醒。她嘗試要起身，但是卻無法坐直身體。「搞什……麼？」她的手指頭沿著髮絲摸到床柱。

「這是誰做的好事？」她質問幽靈們。她的視線落在芬恩身上，滿臉怒容。

「噢！妳無法欣賞玩笑嗎？」芬恩問道。他試著幫克萊兒解開頭髮，但是克萊兒不接受他的幫忙，頻頻揮手推開，但卻頻頻穿透芬恩的胸膛。

「幹得好啊！芬恩，」小約翰酸溜溜地說：「現在克萊兒不會想幫我們忙了。」

「幫什麼忙？」克萊兒將辮子從床柱上全部解開後問道。

「她不能在深夜的時候幫我們忙。」凱斯對克萊兒說道，「繼續睡吧，克萊兒。我們早上的時候會再跟妳說。」**或許到時候她就會忘了芬恩對她的頭髮做了什麼事。**

克萊兒打開床邊的檯燈，她說：「我已經醒了，」一邊梳著她的頭髮，「說吧，什麼忙？」

幽靈們面面相覷，媽媽示意凱斯先開口。

「嗯⋯⋯」凱斯飄到克萊兒身邊，「妳知道我們家和貝奇之間的恩仇嗎？」

貝奇是另一個住在圖書館的幽靈，因為一些緣故，媽媽、爺爺奶奶再也不願和貝奇同處在一個空間裡。所以他們達成共識，貝奇住在樓下的圖書館，其他幽靈，也就是凱斯一家，住在克萊兒和家人居住的樓上公寓。今晚，媽媽、爺爺奶奶終於告訴凱斯、芬恩還有小約翰，他們與貝奇之間發生的事還有恩怨。

凱斯正將來龍去脈一一告訴克萊兒，「當媽媽和貝奇都還年輕的時候，貝奇跟她的家人同住了一段時光。」

「他跟你媽媽住在一起？」克萊兒屈起膝來驚訝地問道。

「沒錯，」凱斯說道，「我們不是從沒有看過貝奇發光嗎？」

小約翰等不了凱斯講完故事，搶先說道，「貝奇不像我們會發出藍色的光，他發的光是紅色的！」

「什麼?!」克萊兒瞪大眼睛看著幽靈們，「我從未聽說過有幽靈發出紅光。」

「等等，故事還沒結束，」凱斯繼續說道，「我們媽媽有個弟弟名叫戴夫。有天貝奇發光了，

戴夫看到貝奇的紅光嚇了一大跳，他穿越了靈靈棲的牆面，被風吹走了。從此再也沒看過戴夫了。」

芬恩這時開口繼續把故事說完，「記得我說過我到艾理家前，曾經待在電影院吧？那裡有個幽靈叫作戴夫，我們想請妳帶我們到電影院去，這樣我們就可以確認他是不是媽媽失散已久的弟弟。」

「或許我們找到了戴夫，你們就能夠原諒貝奇過去做的事，然後我們就可以和平相處做朋友了。」凱斯轉身對媽媽還有爺爺奶奶說道。

「或許。」爺爺奶奶雖然如此回應，但他們不願保證。

克萊兒思忖了一會兒聽到的故事，「好啊，」她努力忍住不打哈欠，「明天是星期六，我想電影院應該是下午一點開始營業，不如我們吃完午餐後

就出發。」她說完便躺下來把被子拉到頭上，再度進入夢鄉。

＊ ＊ ＊ ＊ ＊ ＊ ＊ ＊ ＊ ＊ ＊ ＊

凱斯的所有家人都要一起去電影院，包含科斯莫一共有八隻幽靈。壞消息是克萊兒的水壺只夠容納四個幽靈，這是舒適的狀態，但若是縮得再更小一點，而且彼此緊貼著彼此，可以裝五個幽靈。

「如果空間不夠，我可以不去。」爸爸說道。

「我也是。」凱斯說道。他覺得芬恩應該去，因為芬恩認識在電影院的幽靈，而媽媽、爺爺奶奶也該去，因為戴夫舅舅是媽媽的弟弟、爺爺奶奶的兒子。

「小約翰、爸爸跟我留在這裡陪科斯莫。」凱斯摟著小約翰說道。

「汪！汪！」科斯莫吠叫道。

「不，凱斯，」克萊兒開口說道：「你一定要來，因為我們是 C&K 幽靈偵探塔樓，我們是個團隊！」

小約翰掙脫凱斯的臂膀，急切地說：「我也是 C&K 幽靈偵探塔樓的成員！」儘管小約翰的名字縮寫裡沒有 C，也沒有 K，「我也有幫你們破解案件，而且我也想要看看芬恩的朋友是不是我們的戴夫舅舅。」

「你們應該都一起來，」克萊兒最終說道，「我去找個夠大的東西裝下你們所有幽靈。」

幽靈們一路飄在克萊兒身後，一起進入了廚房。克萊兒掃視料理檯上的所有東西，然後打開冰箱查看，「這個如何？」她伸手拿出了一個幾乎空

了的瓶子，她喝光裡頭殘餘的柳橙汁，接著在水槽裡把瓶子清洗乾淨。

「完美！」凱斯抓著科斯莫，然後一群幽靈們陸續**縮小**……**縮小**……**再縮小**穿越進瓶子裡。

「我要去看電影喔！」克萊兒大聲告訴家人。

她的媽媽從辦公室裡探出頭來問：「妳要去看哪一部電影啊？」克萊兒的爸爸媽媽和克萊兒跟凱斯一樣，也是偵探，不過她爸媽偵辦的是一般案件，而克萊兒和凱斯則專門偵辦神祕幽靈案件。

「我還不曉得，有上映的任何一部吧。」克萊兒聳聳肩，「我們是因為電影院的一個幽靈去的，要去確認那個幽靈是不是凱斯從未謀面的舅舅。他們全家人都在這裡！」她拍了拍柳橙汁空瓶。

儘管克萊兒媽媽看不到凱斯和他的家人，但是知道凱斯一家人的存在，克萊兒的爸爸和外婆也知道。事實上，克萊兒的媽媽和外婆在克萊兒這個年紀時，也看得到幽靈。不過她的爸爸則從來沒能看見幽靈。

　　「好，但是記得要在晚餐前回來。」她媽媽回應道。

　　「我會的。」克萊兒答應她媽媽。

＊　＊　＊　＊　＊　＊　＊　＊　＊　＊　＊　＊

電影院在市中心，位在一個街區的正中央，電影院的一側是一間玩具店，另一側是一家墨西哥料理餐廳。克萊兒走進電影院排隊買票。

「嘿！是康瑞、潔絲，還有喬治！」當芬恩穿越出瓶子時大聲喊道。其他家人不曉得誰是康瑞、潔絲、喬治，不過他們還是跟著芬恩一起飄出瓶子，橫越電影院大廳。

他們看到不認識的幽靈盤旋在一個明亮的零食櫃檯上方，有些踏地人正排隊買爆米花。其中一男

一女的幽靈正值青少年，他們手牽著手，含情脈脈地看著彼此。另一個幽靈年紀看起來比較小，不像小約翰那麼小，但是比凱斯小一些。

三個幽靈一同轉身尖叫道，「芬恩！」他們飄了過來張開雙臂擁抱芬恩。

爺爺輕咳兩聲，「咳咳，芬恩，你不打算介紹你朋友給我們認識嗎？」

「喔！抱歉，」芬恩禮貌地將手伸向兩個青少年幽靈說：「這是潔絲和康瑞，這個小子是喬治。

各位，這是我媽、我爸、我爺爺奶奶，還有我弟弟，凱斯跟小約翰。喔！還有我的狗，科斯莫。」

「汪！汪！」科斯莫興奮地打招呼。

「喔！」潔絲驚呼：「你找到你的家人了！」

「酷！」康瑞一一跟每個幽靈握手。

「戴夫呢？」媽媽四處張望問道。

「妳認識戴夫？」當喬治這麼問時，潔絲和康瑞兩人互看了一眼。

「怎麼了？」芬恩問：「你們為什麼要那樣對看？」

「老兄，」這時克萊兒走近幽靈，康瑞低聲說道：「我不想告訴你這個壞消息，但是，戴夫他不見了。」

# 第二章

# 戴夫在何方？

「不見了?!」媽媽驚訝道。

爺爺傾身向前飄，「你說不見了是什麼意思？」

「就是不見了，失蹤了。再也不在這裡了。」康瑞回答道。

「他去哪了？」奶奶問道。

「我們不曉得。」潔絲回答。

克萊兒這時把柳橙汁空瓶放到地上，然後從背

包拿出紫色筆記本與綠色的筆，她悄悄地瞄了一眼在零食櫃檯買爆米花的踏地人，小心翼翼地背對他們。「戴夫不見多久了？」她開口問芬恩的朋友。

喬治的下巴掉了下來，潔絲和康瑞兩個人則是在克萊兒面前揮揮手問：「妳看得到我們？」

「對，我也聽得到你們說的話。」克萊兒幾乎是閉著嘴巴發出聲音，她已經習慣幽靈們問這些問題了。

「怎麼會？」康瑞和潔絲同時開口問道。

「我們又沒有在發光？」喬治不解地問。

克萊兒只是聳聳肩，因為這個時候有兩個拿著爆米花的踏地女孩經過她身旁。

小約翰替克萊兒回答：「沒有人知道為什麼。」

「一定有人知道，」潔絲說：「一定是有什麼原因的。」

克萊兒再度聳聳肩。

康瑞不悅地說：「怎麼了？妳喉嚨啞了嗎？」

「有其他踏地人在身邊的時候，她不能說太多話，」凱斯幫忙解釋，「其他踏地人看不到我們，所以他們會以為克萊兒在自言自語。」

「喔！」康瑞和潔絲同時發出明瞭的聲音。

「我們別談論克萊兒了，來說說戴夫吧。」凱斯說：「他不見多久了？」

「他是昨天不見的。」康瑞說。

凱斯望向對街商店的大片落地窗，他發現幽靈可以穿越對街商店緊鄰的牆壁，不用到外面就能逛遍每間商店。那麼這頭的商店想當然耳也可以。

「也許他不是不見了，」凱斯說：「這一側牆壁的後面不是一間玩具店嗎？然後這邊是一間墨西哥料理餐廳？」他指向零食櫃檯那一側的牆面後，又轉身指向另一側的牆面，「也許戴夫是在這個街區裡的其中一間商店或餐廳裡？」

「我們已經在這個街區的所有商店找過了。」喬治說道。

「來回好幾次了。」康瑞接著說道，「他真的不見了。」

「我們確定他不見了是因為昨晚的歡唱會他沒有出現。」潔絲補充道。

「歡唱會？」小約翰疑惑問道。

「你們還有在舉辦啊？」芬恩說。

「當然，」潔絲回答，然後轉向其他幽靈說

道，「電影院關門後，我們都會聚集在包廂的鋼琴旁舉辦歡唱會。」

「慶祝所有踏地人晚上都回家了。」康瑞接著說道。

「我弟弟很愛音樂。」媽媽露出了一抹欣慰的微笑。

「他的確是。」奶奶點頭同意。這時克萊兒在紀錄本上寫下了事發的所有經過。

「戴夫要離開一定會跟我們道別的，」喬治說：「他一定是遇上了不好的事情。」潔絲和康瑞兩個人對視點頭認同。

「也許他是不小心穿越了後面的牆壁，如果穿越了那面牆，並不會到另一間商店，而是會跑到外面。那是一條巷弄，我就是這樣不小心飄出去

的。」芬恩說。

「然後呢？跟我們說說事情的經過吧。」爸爸問芬恩。

「嗯，」芬恩有點難為情地說：「電影開演前，我對幾個踏地人做鬼臉鬧著玩。然後往後飄了一下就不小心穿越後方的牆，就這樣到了外面。風把我吹進了巷弄對面的裝箱宅配商店，我嘗試飄回這裡，但是風勢太強勁了。我一路被吹到天空，越過這些商店，最後在圖書館停留一段時間，再到艾理家，也就是凱斯和小約翰找到我的地方。」

「或許風也把戴夫吹到了艾理家。」小約翰推測說道。

「我認為他是被吹到了巷弄對面的商店裡。」芬恩說。

「我們可以繞過去看看他有沒有在那條巷弄的商店裡頭。」克萊兒提議。這時，大廳中的踏地人已經都進入影廳裡了。

「好，我們去瞧個究竟！」媽媽說話的同時，有個滾著輪椅的踏地人穿透了她的身體。

踏地男士穿著白色襯衫、黑色外套與黑色褲子，衣服上的名牌寫著艾爾文。「電影要開演了，妳該進去找位置坐下了。」男士對克萊兒說道，他沒有注意到在場圍繞著他的十一個幽靈。

「我改變心意了，我想我沒辦法待在電影院。」克萊兒闔上筆記本後說道。

艾爾文不解地問：「可是妳已經買票了，怎麼了嗎？生病了嗎？」

「呃……對，」克萊兒雙手撫摸著肚子，支支

吾吾地說：「我是說，我可能生病了。」

艾爾文將輪椅往後移動後說：「那記得留著電影票，這樣妳改天來還是可以看電影。」

「好的，謝謝您。」克萊兒把筆記本塞到背包裡並拉起拉鍊。

凱斯和他的家人一起**縮小……縮**

小……再縮小穿越進入放在克萊兒腳邊的柳橙汁空瓶裡，幸好這段時間，沒有人注意到擺在地上的那罐空瓶。

「真是個有趣的移動方式啊！」康瑞窺看著空瓶裡的幽靈說道。

「要不要跟我們一起去？」芬恩問。

「可是看起來好擁擠。」潔絲緊緊握住康瑞的手說道。

「我們留在這裡，以防萬一戴夫回來。」喬治說道。

當克萊兒拿起空瓶時，小約翰說：「別擔心，我們會找到他的。」

「找到他以後，我們會把他帶回來這裡的。」芬恩隨後說道。

**是嗎？**凱斯疑惑，他以為他們會把戴夫帶回圖書館。

✳ ✳ ✳ ✳ ✳ ✳ ✳ ✳ ✳ ✳

「這裡有好多商店，戴夫可能在任何地方，不曉得我們該怎麼找他。」媽媽說道。此時克萊兒已帶著一群幽靈繞過街區來到後巷。

奶奶說：「我們甚至還不知道電影院裡的戴夫，是不是就是我們的家人戴夫。」

「我認為是。」芬恩自信地說道。

克萊兒停留在一間黑漆漆的商店前，「芬恩，這應該就是你飄進去的那間裝箱宅配商店了。」

芬恩看著櫥窗上的文字並大聲唸出來：「**打包專家，你打包，我宅配**。沒錯，就是這裡，我們進去吧。」

28

「裡面沒有任何燈光，有在營業嗎？」凱斯問道。

「應該有，標示上寫週六營業時間，九點到五點。」爸爸說道。

克萊兒嘗試推開門，但是門鎖住了。「喔！」她突然看到一個東西，「這裡有個告示，因家中的緊急要事，今天休業。很抱歉造成您的不便。」

「真的非常不便。」芬恩不悅地說道。

「嗯……克萊兒雖然無法進去，但是只要她把瓶子拿得離窗戶近一點，我們就都可以進去了。」小約翰說。

「真的耶！」芬恩瞬間面露希望，他說：「而且我們進去後可以穿越牆壁，一一搜索這裡的所有商店。」

克萊兒說：「這條巷子的最尾端有間烘焙坊，我在那裡等你們。」

「妳確定烘焙坊有開門營業？」凱斯問道。

克萊兒伸長脖子看，「有，我看到店裡有燈光。」

於是小約翰興奮地說：「那我們出發吧！」

克萊兒把瓶子倚靠在窗戶上，幽靈們緊接著陸續穿越瓶子和裝箱宅配商店的玻璃窗，凱斯和科斯莫殿後。

「待會兒見！」克萊兒揮揮手道別，然後踏著輕盈的步伐走向巷弄的另一頭。

「哈囉！戴夫，你在這裡嗎？」芬恩呼喚道。幽靈們進入商店後就開始分頭尋找，店內正中央有一張大桌檯，牆邊的架子上排列著棕色的牛皮包裝

紙、打包材料與工具，還有各種尺寸與各種形狀的箱子。

芬恩和媽媽進入店內的小房間，凱斯、科斯莫和爸爸沿著燈光昏暗的貨架飄盪，小約翰不斷把頭伸進幾個箱子裡窺看。爺爺跟奶奶兩個人則穿越後牆的櫃子。

他們都沒有看到除了他們之外的幽靈。

芬恩和媽媽從店內的小房間飄回來，芬恩說：「換下一間店吧。」他領著其他幽靈一起穿越側牆，進入了一間高級餐廳，餐廳的每張桌子都鋪有白色桌巾，裝飾著金色蠟燭。

　　那裡也沒有其他幽靈，所以凱斯和他的家人一行幽靈繼續前往一間五金雜貨店，然後是一間銀行。這個街區的最後一間商店是烘焙坊，凱斯和家人進入的時候，克萊兒已經在那裡等他們了。

　　克萊兒正在跟一個男人說話。男人身穿白色圍裙，圍裙遮蓋住他肥胖的肚腩，頭戴高帽。他站在滿是餅乾、蛋糕、甜甜圈的玻璃櫃後方，他身後的桌檯上，有一盤烤盤放著等待冷卻的餅乾。

　　「哦！有，」男人正經地說道，「跟妳打賭，我們這裡有幽靈。」

# 第三章

# 幽靈新面孔？

「真的嗎？」克萊兒把柳橙汁空瓶放到地上。凱斯和他的家人則四處張望，他們沒有看到任何陌生的幽靈。

「你曾經真的親眼見過幽靈嗎？」克萊兒問烘焙師。

「我當然有，」烘焙師回答：「很多次。」

「你看得到我們嗎？」芬恩問。

小約翰戳自己的雙頰，吐了吐舌頭朝烘焙師扮

鬼臉，爺爺奶奶則是在烘焙師面前揮了揮手。

但是烘焙師的眼睛連眨都沒有眨，他拿起布巾開始擦拭桌檯。

「他看不到我們。」爺爺說道。

「所以戴夫有發光，他才能看得到！」小約翰推斷。

「如果戴夫曾經在這裡的話就有可能。」凱斯指出。

媽媽這時不解地問：「戴夫為什麼要發光？他為什麼想讓這個踏地人看到他？」

芬恩則說：「媽，有非常多原因都會讓幽靈想發光。」

克萊兒這時拿出她的筆記本問道，「你什麼時候看到這個幽靈的？」

　　烘焙師答道，「今天早上，昨天早上⋯⋯我幾乎每天早上都會看到他。」

　　「那就不會是戴夫了，」芬恩做出結論，「戴夫是昨天才失蹤的。」

　　「電影院的戴夫是昨天才失蹤的沒錯，」小約翰依然這麼推測，「可是他看到的幽靈仍然有可能

是我們要找的戴夫。」

　　凱斯抓了抓頭，他們是要找到一個名叫戴夫的幽靈。但是名叫戴夫的幽靈是一個還是兩個？電影院的戴夫，和媽媽失散已久的弟弟戴夫是不是同一個幽靈呢？這真教人困惑。

　　小約翰將手放在嘴巴前圍成一圈大聲呼喊：「哈囉！幽靈？你在哪裡？不管你在哪裡，出來吧，出來吧！」

　　「這邊有另一個房間，」芬恩伸長脖子窺看烘焙師身後一個門上的小玻璃窗，「看起來是廚房。」

　　「我們去看看戴夫有沒有在那裡。」媽媽和芬恩一起飄到烘焙師頭上時說道，她越過烘焙師往房間裡頭飄去。

「等等我。」小約翰著急地喊道，隨即跟著媽媽和芬恩穿越那道門。

凱斯和其他家人留在原地。

克萊兒翻了一頁筆記本，「所以，是一個幽靈男孩。」克萊兒開始在筆記本上畫畫。

「對。」烘焙師回答。

「你可以形容一下他的樣貌嗎？」

「好啊，」烘焙師說：「他看起來像個幽靈。」

爺爺不屑地哼了一聲，「聽起來真是幫了大忙。」

克萊兒抬起頭來，接著問道，「他看起來年輕還是年長？」

「是蠻年輕的幽靈。」烘焙師答道。

「他的穿著呢？」克萊兒繼續問道。

烘焙師突然放聲大笑，「傻孩子，幽靈不穿衣服的呀！」

「我們不穿嗎？」爺爺一邊說一邊拉拉身上吊帶褲的鬆緊帶，「從何時開始不穿的？」

這時媽媽、芬恩、小約翰，都從廚房回來了。「我們也沒有在裡頭看見任何幽靈。」

「嗯，你可以形容一下幽靈的髮型嗎？」克萊兒追問，「是長髮還是短髮？捲髮還是直髮？」

烘焙師再次笑了起來，「妳對幽靈的想像很有意思呢！」說著他將布巾摺好放到桌檯旁。「他們沒有頭髮。」

芬恩不禁發出不悅的聲音，「這個傢伙認為我

們沒有頭髮？」

「也認為我們不穿衣服。」凱斯隨後補充道。

克萊兒頭一偏，看著烘焙師說，「你確定你真的在這裡看過幽靈？」

「有，」烘焙師拿起烤盤跟刮鏟，將餅乾一個一個移到陳列櫃裡，「但我想妳可能從來沒見過幽靈，小女孩。」一邊說一邊對克萊兒揮了揮手上的刮鏟，「所以讓我來告訴妳關於幽靈的事。首先，他們的長相跟我們完全不同，他們是像一塊白布，然後眼睛、鼻子跟嘴巴都是黑洞。」

爸爸雙手抱胸說道，「這個男人絕對沒有看過幽靈。」

「我們可以改變這個事實。」小約翰說著便開始搓動他的雙手。

「我們應該讓他見見幽靈。」芬恩附和道。

「喔！糟了！」凱斯說。

「數到三，」芬恩嘴角調皮地上揚，「準備好了嗎？一……二……三！」

包括科斯莫在內的整個幽靈家族全都開始發光了，除了……凱斯。

瞬間，烤盤上的餅乾滑落到地板上，發出了喀噠喀噠碰觸到地板的聲響。現在，烘焙師的臉色就跟他的圍裙還有高帽一樣蒼白。「這……這……這是……怎麼回事？！」烘焙師結結巴巴地說完後，眼神在幽靈間來回眨呀眨。

克萊兒裝作什麼都沒看到似的，天真地問道，「你是指什麼呢？」

凱斯從未像這一刻如此的渴望發光。即便知道這麼做也沒有用，他仍握緊雙拳，咬牙切齒地嘗試，試了一次又一次，努力想要像他的家人一樣發出光芒。但一如往常，什麼事也沒發生。

「我……我覺得我有點不舒服……」烘焙師呻吟了一聲，然後就留下掉在地板上的烤盤跟破碎的餅乾，一路後退進入搖擺門另一頭的廚房，就這麼消失了。

「我們應該跟著他嗎？」小約翰問。

「不，」爸爸身上的光熄滅了，他說：「我們已經表達出我們的意思了。」

其他幽靈也跟著停止發光。

凱斯這時開口道，「我們回去圖書館好好想一想下一步該怎麼做吧。」

「如果妳不介意，」爺爺對克萊兒說道，「也許妳可以將我跟愛娃順道送到安養院。」

媽媽驚訝地問：「你們不跟我們一起回到圖書館嗎？」

「那戴夫怎麼辦？」芬恩也疑問道，「你們不想幫我們一起找戴夫嗎？」

「你要明白，」爺爺回答道，「如果你的朋友戴夫是我們失散多年的戴夫，當然是好事。可是這點我們無法確定，何況……現在他也不見了。」

奶奶也贊同，她點點頭說道，「我們已經老得不適合這樣奔波，你如果找到你的朋友，或是其他名叫戴夫的幽靈，你們會帶他來見我們，對吧？」

「當然。」克萊兒回應。

奶奶接著說：「那我們想要回河景之家。」

「我不會怪你們的，」媽媽說：「你們已經跟那裡的朋友分開一段時間了。」

克萊兒和凱斯找到爸爸媽媽後，爺爺和奶奶只是到圖書館做客，他們從未打算長久定居圖書館。

「那我現在就帶你們回河景之家。」克萊兒說道。

一行幽靈全部一起**縮小……縮小……再縮小**，然後飄進克萊兒的柳橙汁空瓶裡。

「嗯……再見囉！」克萊兒大聲跟廚房裡的烘焙師道別，「希望你儘快恢復。」她抓起地上的一瓶子幽靈，然後離開烘焙坊。她帶爺爺奶奶到了河景之家，然後再將其他人都帶回圖書館。

# 第四章

# 如何尋找失蹤幽靈？

克萊兒一手抱著裝滿幽靈的柳橙汁空瓶，另一手推開圖書館的大門。

貝奇這時盤旋在圖書館通廊上方，很靠近大門，但沒有近到會被風吸到外頭去。他抱持希望地問道，「你們，有找到戴夫了嗎？」

「沒有。」克萊兒伸出腳踢了一下後方的門，將門關上。

凱斯、科斯莫、芬恩還有小約翰飄出空瓶並膨

脹成正常大小的時候，貝奇緊接著問：「發生什麼事了？」話一說完，他就看到凱斯的爸爸媽媽也飄出瓶子，隨即往後飄了一小段距離。

「我們有見到芬恩的一些朋友，」小約翰回答道，「但是沒有看到戴夫，戴夫不見了。」

「不見了？！」貝奇不自覺驚叫。

「對呀，沒有人知道他怎麼了，」凱斯說道：「我們和電影院的幽靈們，找遍了一堆商店和餐廳——」

「等等，電影院裡有其他幽靈？」貝奇撓撓他的頭問。

「對呀，」芬恩說：「有潔絲、康瑞、喬治跟戴夫，戴夫原本在那裡的。我真的猜不透他可能遭遇了什麼事。」

「這真的是個教人不解的怪事。」小約翰說。

貝奇瞄了一眼柳橙汁空瓶後問道，「你們的爺爺奶奶呢？他們發生什麼事了嗎？」

「沒有，我帶他們回河景之家了。」克萊兒拽下她身上的外套。

「他們老了，而且也累了。」媽媽的聲音聽起來很疲憊，她說：「坦白說，他們應該覺得不可能找得到我弟弟了，我其實也是這麼想。」說完她隨即和爸爸朝天花板飄去並穿越而過。

「我很抱歉。」貝奇愧疚地說道。

「過來吧。」克萊兒領著凱斯、芬恩還有小約翰走進工藝室，凱斯帶上科斯莫，他們都跟在克萊兒後頭。

「我們會找到你們的戴夫舅舅。」克萊兒拉了一張椅子坐下後充滿信心地宣告。

「怎麼找？」凱斯問，「他消失了一輩子。」

「從找到我的朋友戴夫開始啊！」芬恩說：「他只有消失了一天，只要找到了他，至少也能確定他是不是我們的戴夫舅舅。」

「我們要怎麼找到他？」凱斯問道，「要克萊兒在整個城鎮裡挨家挨戶地敲門，直到找到他嗎？那太多了。」

「他甚至有可能已經不在這個城鎮裡了，」小約翰說：「風可能把他吹到完全不同的城鎮了。」

「聽起來你要放棄了，」克萊兒對小約翰說道，「我從來不知道你也會放棄。」

小約翰倏地咬緊嘴唇，小小聲地說道，「我，我只是覺得真的不可能啊！」

克萊兒後仰靠到椅背上說道，「你們！我們找到了你們全家人，曾經你們也以為不可能，但是我們辦到了！」

「我才不會放棄，」芬恩雙手抱胸說：「如果他們要放棄，或許妳該考慮把偵探社的名字改成 **C&F 幽靈偵探社**。」

**C&F 幽靈偵探社？不行！**凱斯心裡吶喊著，他說：「我也不會放棄！我只是不知道該怎麼做而已。」

「我也是！」小約翰說。

「嗯，」克萊兒拉開背包的拉鍊，拿出她的筆記本和筆，「我喜歡芬恩的點子，先從找他的朋友戴夫開始。比起尋找一個失蹤了好幾年的幽靈，尋找一個只有失蹤一天的幽靈應該簡單多了。如果他就是你們失散多年的戴夫舅舅，那案子就破解了。但是如果他不是，嗯……到時候我們再想下一步該怎麼做。」

凱斯不確定他該不該認同克萊兒的說法，**尋找一個只有失蹤一天的幽靈，真的簡單多了嗎？**「那我們現在該怎麼找到芬恩的朋友戴夫？」他又問了一次剛剛的問題。

「我們可以做傳單，像人們找尋走失的狗那樣，張貼尋人啟事。」克萊兒提出建議。

「汪！汪！」科斯莫聽到狗這個字時，興奮地

汪汪叫。

　　「上面可以寫：有看到這個幽靈者，請聯繫 C&K 幽靈偵探塔樓。」克萊兒繼續說道。

　　芬恩說出他的疑惑，「有誰會打來跟妳說啊？『喂？喔！我有看到妳在找的幽靈。』多數踏地人跟妳不一樣，他們看不到幽靈。」

　　「如果幽靈在發光，他們就看得到啊！」克萊兒提醒芬恩這點。

　　小約翰這時也點出，「那個男孩，艾理。就是因為你一直在他身邊發光，他才找上克萊兒的。」

　　「說得也是。」

克萊兒翻到一頁空白頁，「芬恩，你的朋友長怎樣？」

「我賭他一定有頭髮也有穿衣服。」凱斯說道。

芬恩鼻哼了一聲道，「他當然有穿衣服，但我無法描述他的髮型，他總是戴著棒球帽。」

「還有呢？」克萊兒在筆記本上畫了一個戴著棒球帽的男人。

芬恩越過克萊兒的肩膀盯著她的筆記本，「喔！他胖多了，他的肚子像這樣。」芬恩在他的肚子前方用手圍一圈，好讓克萊兒明白戴夫的肚子有多大。「而且他穿的是 T 恤和牛仔褲。」

克萊兒依照芬恩的描述持續畫著。

「畫得真好，」芬恩說：「真的很像戴夫。」

克萊兒將畫有戴夫的那頁撕下來，然後屁股往後將椅子推開，「我們來去影印幾張，然後明天就可以在城鎮裡張貼了。」

\* \* \* \* \* \* \* \* \* \* \* \* \*

隔天，凱斯、小約翰和芬恩在克萊兒的水壺裡跟著她移動，他們的父母則和科斯莫一起留在圖書館裡。

克萊兒將傳單用圖釘固定到雜貨鋪和咖啡廳裡的公告欄上，用訂書機將傳單釘到電線桿上，還有黏貼到窗戶跟信箱上。

　　「誰想得到這個城鎮如此的大，」芬恩飄移到水壺底部說：「我累翻了。」

「你累翻了？」克萊兒對芬恩抱怨道，「又不是你在到處奔走。」克萊兒在一面窗戶旁的大郵筒上黏貼另一張尋鬼海報時，她把水壺放在電影院外的人行道旁。

「如果妳累了，或許我們可以進去裡面看場電影。」小約翰提議。

「這真是個好主意呢！」芬恩說：「我們可以去看看戴夫是不是回來了。」

「有何不可呢？」克萊兒拿起水壺邁開步伐走進電影院裡。

# 第五章

# 都不見了

**電**影院的大門敞開著，所以克萊兒剛進入電影院，還沒有走到大廳的深處前，幽靈們都不敢穿越水壺飄出來。

「不好意思，小姐。」一個踏地女士在售票櫃檯叫住克萊兒，「妳有買票嗎？」

克萊兒停下腳步，「有啊，在這裡。」她從背包的前袋裡抽出一張電影票。

女士透過售票櫃檯的玻璃窗檢視票卷後說：

「謝謝。」

　　今天電影院的大廳裡沒有幽靈，只有零食櫃後方的踏地男生跟艾爾文，艾爾文是昨天克萊兒要離開電影院時，提醒她保存好電影票的男人。

　　「看來妳今天好多了。」艾爾文對克萊兒微笑說道。

「對呀，好多了。」克萊兒將票遞給艾爾文時說道。

「好好看場電影吧。」艾爾文把票撕下一半。

幽靈們飄出水壺，並跟著克萊兒走入一個昏暗的通道。小約翰飄在一張印有五眼怪獸的海報旁，他嚇得吞了吞口水，「這是今天上映的電影嗎？」

「你不會是害怕看這部電影吧，小約翰？」芬恩逗弄小約翰。

「我才不怕。」小約翰立刻澄清喊道，「你害怕嗎，凱斯？」

「不怕。」凱斯回應道，他不怕，總之，**沒有非常害怕。**「只是一部電影，而且我們是來這看看戴夫是不是已經回來了。芬恩，你朋友都跑哪去了？我到處都沒有看到他們。」

「他們可能在影廳裡。」芬恩說。

克萊兒用力拉開一道門，然後走進黑漆漆的影廳裡。凱斯和他的兄弟們飄在她身後。

電影已經開始播映了，當克萊兒找到位置坐下來的時候，牆上的音響猛然發出很大聲的嚇人音樂。凱斯試著不去看布幕上的怪獸，但他忍不住一直看。怪獸真的有五隻眼睛，就像張貼在通道上的那張海報一樣。

「那些幽靈也不在這裡！」小約翰急忙背對著播放電影的布幕。

「也許我們應該去找找他們。」凱斯說道。

「我們一定要去找他們！」小約翰馬上朝影廳門口飄去。

克萊兒將身體縮到椅背上，她悄聲對凱斯說

道，「好，找到他們的時候記得回來。」

　　凱斯點點頭回應克萊兒，然後轉身跟著他的兄弟們飄去。

　　「我不曉得他們還會去哪裡。」芬恩在烏漆墨黑的通道上飄上飄下地張望，不管是踏地人還是幽靈，這裡都只有看到艾爾文。

　　「會不會是在這個街區的其他商店？」凱斯推測。**也許他們像小約翰一樣，一點都不喜歡恐怖片。**

　　「也許。」芬恩說：「又或者，他們在盥洗室裡？或是樓上的播映室裡。」

　　「我們先去看看盥洗室吧。」小約翰說完就彎進通道另一頭的男廁裡。

　　「潔絲？康瑞？喬治？」芬恩一邊喊道，一邊

在男廁裡的隔間門來來回回地穿越，「你們有在這裡嗎？」

「我……我在這。」喬治的聲音顫抖著。他往上飄到頭探出門的上方，然後小心翼翼地窺看。

芬恩看到他後放聲大笑，「你是被那部電影嚇到的嗎，喬治？」

「不是，」喬治搖搖頭說道，「不是那部電影的關係。」

「那是什麼？」凱斯問道，「潔絲跟康瑞跑去

哪了呢？」

喬治害怕得吞了口口水，他說：「有個壞男生把他們……**吹走了！**」

「**什麼！**」凱斯、芬恩、小約翰三個幽靈異口同聲地驚叫道。

「是真的！」喬治說：「他沒有看到我，不過他看到潔絲和康瑞了，他就像你的朋友一樣，那個踏地女孩。我們沒有發光，但無論如何，他看到潔絲和康瑞了。」

三隻幽靈輪流互看對方，**所以，有其他人像克萊兒一樣？**

「我們正在玩我們向來喜歡玩的那個遊戲。」喬治繼續對芬恩說道。

「你是說，**踏地人穿越？**」芬恩問。

喬治點點頭，他向凱斯和小約翰解釋道，「就是在大廳選一個位置，然後一直待在那裡動也不動，然後看有多少踏地人會穿越你的身體。」

　　「擦身而過或是不小心穿越身體一點點，都不算得分，必須是踏地人走著走著穿透你的整個身體才行。」芬恩補充說明遊戲規則。

　　「這個男孩筆直地朝潔絲和康瑞走來，」喬治接著說：「他手上拿著一個東西，像電風扇的東西，他打開那個機器然後把潔絲跟康瑞都吹到大門落地窗外面了。」

　　「是什麼時候發生的？」凱斯問道。

　　「昨天晚上，你們離開後的事。」喬治說：「然後那個檢查票券的男人拿了些錢給那個男孩。他們交談的樣子，像是那個男人聘僱男孩來把我們

都趕走。」

* * * * * * * * * * *

　　凱斯、芬恩還有小約翰趕緊告訴克萊兒他們剛

剛聽到的一切，喬治害怕得不敢離開盥洗室。

　　「有人像我一樣？」克萊兒目瞪口呆地看著幽

靈們，「而且不是出身自我的家族。」

　　坐在克萊兒前排座位的兩個踏地人回頭怒瞪克

萊兒，「噓！」其中一個踏地女人對克萊兒發出噓

聲。

　　「對不起。」克萊兒輕聲細語地道歉。

　　「倒是她在跟誰說話啊？」另一個男人問道。

　　女人聳聳肩，他們都看不到盤旋在他們頭頂上

方的三個幽靈。

　　克萊兒起身跟著凱斯、芬恩還有小約翰離開影

65

廳，「我要跟喬治談談。」她說。

「沒辦法，」小約翰說：「他在男廁裡，而且他不願意離開那裡。」

「他嚇到了。」凱斯說道。

「他害怕像你一樣的踏地人，看得到沒有在發光的幽靈。」芬恩解釋。

克萊兒洩氣地仰靠到牆上，嘆了一口氣。

這時艾爾文滾動他的輪椅來到克萊兒身旁，他問克萊兒，「妳身體又不舒服了嗎？」

「喬治說這個男人聘僱另一個人來趕走幽靈。」凱斯指著艾爾文說道，「克萊兒，妳何不直接問他呢？」

克萊兒微微地點點頭，好讓凱斯知道她明白凱斯的意思。「不，我沒事，」她對艾爾文說道，

「但是我好奇一件事，你是否曾經在這裡看過任何幽靈？」

「幽靈！」艾爾文放聲驚叫道，「這裡還有嗎？妳是在影廳裡看到的嗎？」他皺起眉頭繼續說道，「妳不會是打算要求退票吧，是嗎？」

「不是，」克萊兒說：「我只是聽說這裡可能有些幽靈，只是這樣而已。」

艾爾文這時坦承道，「我們最近是有一些關於幽靈的麻煩，一開始我們認為對生意有幫助，因為人們想要看到幽靈。但是當他們真的看到一個幽靈的時候，就一股腦地衝出影廳，然後要求退還電影票的錢。」

凱斯斜睨著芬恩。

芬恩則是不以為意地聳聳肩頭說道，「有些時

67

候，我跟戴夫、康瑞，喜歡表演些餘興節目給踏地人看。」

「我們沒辦法負擔退還給那些人的錢，所以當有個男孩走進電影院，聲稱他可以幫忙趕走所有幽靈。我們便聘僱了他。」艾爾文說道，「他前天跟昨天都有來，手裡拿著大型的電風扇，然後把幽靈給吹走。他跟我說只要把大門跟窗戶都敞開，如果還有幽靈，那些幽靈就會被風吹走。」

**所以這就是戴夫遭遇的事？**凱斯心想。那個男孩前天把戴夫從電影院吹去外面，就像今天他們聽說的那樣，也把潔絲跟康瑞吹出去了。

「這個男孩是誰？」克萊兒手插著腰問道。

艾爾文一邊思考一邊抓了抓他的下顎，「我不太記得他的名字，他沒有比妳年長很多。啊！等

等，他有張名片。」艾爾文手伸進口袋裡，拿出一

張名片，然後遞給克萊兒。名片上寫著：

# 第六章

# 另一個
# 幽靈捕捉者

克萊兒步出電影院，走到外頭的人行道上，她盯著手上的名片瞧。凱斯、芬恩和小約翰三隻幽靈則是安全地飄浮在克萊兒的水壺裡。

「這張名片上印有一個地址，」克萊兒對她的幽靈朋友們說道，「我晚餐前回到家就可以。回去前，我們還有些時間去會會加百列‧古德曼。」

「太好了，走吧！」芬恩應和道。

「等一下！」克萊兒要邁開步伐時，凱斯突然出聲阻止克萊兒。

克萊兒停下來問道，「怎麼了？」

「嗯，」凱斯說：「如果這個男孩看得到沒有在發光的幽靈，那他不就看得到我們嗎？如果他成功逼得我們離開這個水壺，然後也把我們吹到外面的話，該怎麼辦呢？」

小約翰不由得嘆了好大一口氣，「凱斯，你一定要顧慮這麼多，擔心著每一件事嗎？」

「他當然要，」芬恩說道，「他是凱斯耶！」

克萊兒把背包放到一張長椅上，然後坐了下來，「凱斯的顧慮是對的，」她說：「我們已經知道是這個男孩把潔絲和康瑞吹出電影院外的，他可能也對戴夫做了同樣的事情，我們必須確保你們安

全才行。」

「我們很安全啊，我們在妳的水壺裡很安全啊！」芬恩說道。

「事先預防也無傷大雅啊。」克萊兒說道，她拉開背包的拉鍊，把裝有幽靈的水壺拿起來塞到包包裡頭。

「嘿！」克萊兒準備在他們的頭頂上方拉上拉鍊的時候，小約翰大喊了一聲。

芬恩飄到水壺裡的頂端大聲疾呼，「不要把我們放進這裡，我們看不到外面發生什麼事。」

「這也表示加百列看不到你們啊！」克萊兒說道，「至少在我們認識他之前，我認為這是最好的方法。」她說完將拉鍊整個拉上，凱斯、芬恩還有小約翰，瞬間陷入一片黑暗當中。

芬恩嘆一口氣後說：「也許她說得對，安全一點以免憾事發生，我想我比任何人都清楚這點。」

水壺開始前後晃動，幽靈們知道克萊兒再度開始移動了，凱斯想知道加百列的家距離有多遠。

「這讓我想起我們在箱子裡移動的時候，那時和一個無法縮小的布娃娃待在一起。」小約翰搓了搓雙手，在克萊兒的包包裡點亮了一絲光線。

「蛤？你在說什麼？」芬恩問道，他也搓動雙

手發出一點點光芒。

　　凱斯和小約翰告訴芬恩有關那次他們在圖書館密室裡發現的布娃娃。那個時候他們以為布娃娃是凱莉的，凱莉是小約翰的朋友。他們想要把布娃娃歸還給凱莉，但是卻發現不管怎麼縮小，布娃娃始終維持原樣，絲毫沒有跟著縮小的跡象，那是他們第一次知道，曾經是踏地物品的幽靈物品，是不會

跟著幽靈膨脹或縮小的。

當凱斯和小約翰說完這段故事，外頭的動靜聽起來他們已經抵達加百列的家了，他們聽得到克萊兒正在跟什麼人說話。

雖然克萊兒的聲音像是被摀住般，凱斯還是聽得出來克萊兒說的話，「我想找加百列·古德曼。」

「我就是，」一個男孩回答，「我注意到妳拿著我的名片，妳需要我去處理幽靈問題嗎？」

「不，我……」克萊兒停頓，「這有點難以啟齒，我可以進去嗎？」

「好。」加百列說道。幽靈們聽到門打開又關上的聲音。

「我們出去吧。」小約翰小聲說道，然後準備穿越水壺飄到克萊兒的包包裡頭時，凱斯和芬恩趕

緊一人一邊抓住小約翰的手臂，即時拉他回來。

「還不可以。」凱斯壓低聲音對小約翰說道。

「在我們確認安全前，還不可以出去。」芬恩也這麼說。

「我跟你一樣，」克萊兒向加百列坦白，「我看得到沒有在發光的幽靈，也聽得到沒有在哭嚎的幽靈說話聲。」

「發光是什麼？哭嚎是什麼？」加百列說。

克萊兒驚訝地問：「你不知道發光和哭嚎是什麼意思嗎？你……有跟任何看見的幽靈說過話嗎？」

「沒有，我為什麼要跟他們說話？」加百列問。

「因為人們是這樣認識的啊！」克萊兒爽朗地

說：「你會跟人說話，會讓對方認識你，對方也會讓你認識他。然後你們會因而成為朋友。」

「我為什麼要跟幽靈成為朋友？」加百列再次問道。

克萊兒哀嘆一聲，她問：「為什麼你不想跟幽靈成為朋友？」然後她告訴加百列關於凱斯還有凱斯家人的事，她是怎麼和凱斯組成偵探社，並一邊尋找凱斯失散的家人，一邊破解神祕幽靈案件，她都一一述說。

「所以妳偵辦案件的時候，會找到新的幽靈，但是不會像我這樣把幽靈給吹出去？」

「不會，」克萊兒說：「我把他們帶回家，或是帶到他們樂於居住的地方。」

「妳要怎麼做？」加百列困惑地問：「妳又不

能帶他們到外面，風會把他們吹走。」

克萊兒遲疑了幾秒，「如果你保證不會欺負他們，也不會把他們吹到外頭，或也不會用任何方式攻擊他們。我就讓你看看我怎麼做的。」

「妳是說現在有幽靈跟著妳？」加百列問道。

「對。」克萊兒拉開背包的拉鏈，光線立刻傾注在凱斯、芬恩和小約翰周遭。

突如其來的光線讓幽靈們都不住地眨眼，他們用手遮擋光線並瞇起雙眼。

「哦！哇！」當克萊兒緩緩地從包包裡拿出水壺時，加百列看得瞠目結舌。加百列跟芬恩年紀相仿，都是個青少年，他身穿深灰色的褲子和同色系的灰色連帽外套，留有一頭未經整理的長髮。

「中等身高的是我朋友凱斯，」克萊兒開始介

紹，「較大一點的是他的大哥芬恩，較年幼的是他的弟弟小約翰。各位，這個是加百列。」

「哈嚕！」小約翰向加百列打招呼，芬恩則是朝他揮揮手，他們三個幽靈都沒有離開水壺。

加百列盯著幽靈們，困惑地問：「他們怎麼變這麼小？他們是小人國的幽靈嗎？」

「你對幽靈所知不多，對吧？」克萊兒接著說：「他們可以縮小，也可以膨脹，還能穿越牆壁。多數人都不會發現他們在做這些事，當你是偵探的時候，這些幽靈技能很有幫助呢！我朋友凱斯還能靈變東西，意思就是，他可以把踏地物品變成幽靈物品喔！」

「真的嗎？」加百列看著凱斯說道，「做給我看。」

「凱斯，儘管靈變吧！」克萊兒讓凱斯穿越水壺飄出來。

凱斯不是很確定是否應該這麼做，但是克萊兒似乎覺得沒有關係。

「我們跟你一起，凱斯。」三隻幽靈一起穿越而出水壺的時候，芬恩對凱斯說道。他們三個都

**膨—脹**到比正常大小還要 **大～**

很多。

加百列趕緊往後彈跳了起來。

凱斯環顧四周，搜尋可以靈變的東西。地板上有一個電風扇，看起來跟克萊兒用來偽裝成「**幽靈捕手**」的手持式吸塵器差不多大。**是不是那個東西吹走了潔絲、康瑞和戴夫的呢？如果是的話，那會是靈變物體的最佳選擇。**

凱斯飄了過去，把他的拇指跟食指放到電風扇上，然後 **啪咻！** 的一聲，電風扇變成幽靈電風扇了！

「哇！」加百列驚嘆，他的雙眼睜大，「你⋯⋯你可以把它變回來嗎？」

「他可以，」芬恩突然開口說話並飄到凱斯前方，「但在告訴我們你對潔絲、康瑞還有戴夫做了什麼事之前，他不會幫你變回來的！是不是你把他們吹到電影院外頭的？」芬恩愈說*膨脹*得愈大，他現在是加百列身體的兩倍大了！

「他說的那些人是誰啊？」加百列問克萊兒。

「電影院裡的幽靈，」克萊兒回應他，「是你把他們吹到外面的嗎？」

加百列突然喉嚨一緊，「我⋯⋯我是有把一些幽靈從電影院吹出去沒錯，」他坦承道，「昨天跟前天都有，但那是我的工作。我很抱歉，我不知道他們是你的朋友，我也不知道原來人類可以跟幽靈

做朋友。拜託，請不要傷害我。」加百列說著舉起雙臂保護自己的頭。

芬恩鼻哼了一聲，他說：「我們才不會傷害你。」

「但我們要你幫忙找到我們的幽靈朋友，」凱斯說：「你會幫我們吧？」

「會，」加百列猛點頭說道，「會，我會幫忙。但是我不知道他們後來去了哪裡，我把他們從電影院前方的大面玻璃窗吹出去後，他們就被風帶走了。」

「我們會找到他們的。」克萊兒信心滿滿地說道，「我知道我們會的。」

# 第七章

# 每個人都會犯錯

「**我**回來了！」克萊兒和加百列咚咚咚的踏步上樓時，她大聲喊道，「我有帶朋友回來，他叫加百列。」

**說他是朋友可能有點誇張了**，凱斯心想。他和他的兄弟們陸續從克萊兒的水壺裡穿越而出。

克萊兒媽媽從廚房探出頭來，「哦！嗨～」她說：「晚餐會在半小時後煮好，加百列，你要不要留下來一起用餐呢？」

「好啊。」加百列聳聳肩回答。

克萊兒媽媽微笑後回到廚房裡忙碌了，凱斯的父母和家犬此時從廚房裡飄蕩出來。

「你們一定張貼了很多傳單，」凱斯的媽媽說道，「你們整個下午都沒回來。」

「還有其他幽靈？」加百列瞪大雙眼，猛對著凱斯的父母瞧。

「汪！汪！」科斯莫吠叫道。他嗅著加百列的耳朵，加百列試圖想把他撥開，但是頻頻穿越幽靈狗兒的身體。

「妳到底認識多少幽靈啊？」加百列問克萊兒。

克萊兒拉開背包的拉鏈並拿出她的筆記本，她回答加百列，「很多。」

小約翰指著綠色的筆記本說道，「這本筆記本裡有她認識的所有幽靈哦！」

　　「這個踏地男孩是誰？」凱斯媽媽飄得近一些，從頭到腳打量著加百列。「他為什麼說『還有其他幽靈』？他看得到我們嗎？」

　　「對。」凱斯答道。

　　「他的名字叫加百列，」小約翰開心地介紹，「電影院的男人聘僱他把電影院裡的幽靈都趕走。」

「哦！不！」媽媽無法置信地雙手摀住嘴。

「哦！沒錯！」芬恩說：「他兩天前在電影院吹走了戴夫，然後昨天他回到電影院，對潔絲和康瑞做了同樣的事。」

芬恩說話時，加百列愧疚地低頭看著地板，然後一下看著自己的左腳，一下看著自己的右腳。

「所以他們也不見了？」媽媽說：「那你們在想什麼？竟然把他帶來這裡。」

「因為他感到抱歉啊……」小約翰說道。

就在這個時候，貝奇的頭從地板上冒出來。加百列嚇了好大一跳。

「我想要幫忙找到你們的朋友。」加百列對所有幽靈們說道。

**「你把他們吹走以前就應該想**

**到這點，**」媽媽手指著加百列，數落他的不是，「**你知道自己造成了多少麻煩嗎？幽靈在外頭飄蕩是非常危險的事！**」她每指責一個字，身體就膨脹一次，膨脹得愈來愈大，「那就像你身處在龍捲風之中，你有被龍捲風吹起來過嗎？你可曾失去過心愛的人？」

踏地人不會縮小身體，但是不知道怎麼的，加百列現在看來比他原先還要小多了！他嚇得嘴唇不停地顫抖。

「媽，冷靜。」芬恩說道。

「對呀，媽，每個人都會犯錯。」凱斯為加百列緩頰道。

媽媽看著芬恩，再看向貝奇。貝奇覺得有點尷尬，隨即便消失在地板下了。

媽媽也頓時覺得尷尬，「你要怎麼找回被你吹走的幽靈？」她問加百列，同時她的身體已縮小到正常大小，語氣變得好些，但仍沒有很好。

「我們樂於聽聽意見，」克萊兒說道，「每一個人的意見，貝奇，包括你喔！」她放大音量，好讓聲音穿透地板到貝奇的耳裡。

貝奇的頭突然冒出來，他問：「真的？妳也需要我的幫忙？」

「愈多人一起幫忙，找到失蹤幽靈的機會就愈大。」媽媽對貝奇說道。

貝奇往上飄、往上飄，飄到從地板上浮現出來，現在他全身都飄浮在克萊兒家的客廳了，但他還是跟凱斯媽媽保持一點距離。

「好，誰有什麼法子可以找到戴夫、潔絲跟康瑞？」小約翰出聲問道，這時克萊兒和加百列都已坐在沙發上。

似乎沒人有什麼好法子。

克萊兒跟加百列說：「我可以問問我爸媽有沒有什麼點子，他們是私家偵探哦！」

「他們知道妳看得見幽靈嗎？」加百列問。

「他們知道呀！你呢？你父母知道嗎？」

加百列面露苦悶的微笑，然後說：「他們知道，但是他們沒有辦法明白。當我跟他們坦白時，甚至不確定他們相不相信我。」

克萊兒感同身受地點點頭，她說：「我媽媽還是孩子的時候看得到幽靈，但她現在看不到幽靈了。我原本不知道這件事，當我告訴她我看到的幽靈時，她卻說：『幽靈這東西不存在。』就算她自己童年時曾經看過，她還是說了與事實不符的話。也許是因為她長大後再也沒見過幽靈，所以她認為如果我無視那些幽靈，遲早也會像她一樣不會再看到。不過後來我們坐下來聊聊關於幽靈的事，而現在她接受這件事了。」

「我不認為我父母小時候曾經看過幽靈，他們

覺得我只是處在一個我遲早會厭煩的階段。」加百列說道。

「你幾歲?」克萊兒問。

「十二歲,妳呢?妳幾歲?」加百列回問道。

「十歲,」克萊兒繼續說:「我是一年前開始看見幽靈的,九歲的時候。」

「我也是,」加百列說:「我的意思是我第一次看見幽靈也是在九歲的時候,我一開始無視他們,但是他們從不肯滾開,除非我吹走他們。」

所有幽靈聽到後都不禁打了寒顫。

加百列在沙發挪了挪，繼續說道，「如果沒有親眼看到，人們不會相信你看得到幽靈。但是當他們親眼看到了，會希望你可以幫忙趕走他們。趕走幽靈可以賺好多錢呢！」

　　「不是所有人都希望幽靈滾開的，」克萊兒說：「而且你不用把他們都吹走，你可以把他們帶來這裡。」

　　「或者，如果是老幽靈的話，可以帶他們到河景之家。」小約翰緊接說道，「因為那裡有很多幽靈老人。」

　　「很多住在那裡的踏地人都看得到幽靈，他們喜歡一起玩卡牌遊戲。」凱斯補充說道。

　　「嗯哼，」加百列說：「幽靈還住在哪些地方？這個圖書館有一群，而顯然河景之家也有。電

影院曾經有三個幽靈——」

「四個！」小約翰趕緊插嘴道。

「對，還有一個在電影院，」芬恩對著加百列說道，「他叫喬治，你兩次都漏掉他了。」

加百列露出似笑非笑的表情看著芬恩，然後轉頭對克萊兒說道，「我們應該要畫下這個城鎮的地圖或範圍，」他說：「然後區分出有很多幽靈的地方，跟沒有任何幽靈的地方。這樣或許可以推測出風都把幽靈吹到哪裡去了。」

「這是個好主意！」克萊兒在筆記本上翻到空白頁。

「妳需要比那個更大的紙，」加百列說：「或許我們應該找一張城鎮的地圖，找到的話，可以直接在上頭標記有幽靈的地方。」

「我們可以從網路上下載一張。」克萊兒說道。

「或是妳可以下樓找到一張，」貝奇說：「畢竟妳身在圖書館。」

「你要我們在書本上寫東西嗎？」克萊兒問道，「我不認為我外婆會同意。」

同時間克萊兒的手機鈴聲響起，克萊兒從口袋中抽出手機，她看著螢幕眉頭一皺說道：「嗯，是不認識的號碼。」她將手機拿到耳邊，「喂？」

電話另一頭的聲音大到房間裡所有人、幽靈都聽到她的聲音：「喂？請問是 C&K 幽靈偵探塔樓嗎？我剛剛在住家街道盡頭的路燈上看到妳張貼的尋人啟事，我打來是因為……**我覺得妳要找的幽靈在我家！**」

# 第八章

# 聽誰的話？

那個女人說的是你要找的幽靈，而不是一個幽靈。

「她發現戴夫了！」克萊兒一掛斷電話，凱斯就大聲叫道，其他幽靈也聚集了過來。

「我們即將會知道。」克萊兒說道，但沒一會兒她就突然想起一件事，「喔！不！媽媽說晚餐半小時後就會準備好，她不會准許我現在出門的。答應對方會馬上過去以前，我應該先問一聲的。」

「妳媽媽必須讓妳去，」凱斯媽媽說道，「這是我們找到戴夫的機會，如果我們不現在過去。他很有可能會離開，或被風吹走。讓我跟妳媽談談，母親跟母親的身分。」說完她朝廚房飄去。

凱斯和克萊兒兩人對視了一眼。

這時加百列問克萊兒，「那個幽靈要怎麼跟妳媽說話？妳說妳媽小時候看得到幽靈，但現在再也看不到了，不是嗎？」

「蠢蛋！我們的媽媽會發光！」芬恩說道。

「喔！對。」加百列說：「嗯，反正如果妳媽媽不肯，我可以去幫你們確認。借我妳的水壺，我會把他帶回來。」

「帶他回來？最初是你把他一口氣吹到外面的耶，」芬恩說：「我不覺得你可以把他帶回來。」

「孩子，我不確定會有幽靈想跟著你走。」凱斯爸爸開口說道。

「如果你們其中幾位跟著我去的話，或許他就會跟著我走。」加百列對凱斯還有其他幽靈說道，「你們可以讓他知道我們是朋友。」

**我們是嗎？**凱斯心想。幽靈們能相信加百列不會把他們吹到外面嗎？或許，但是安全起見，凱斯更想跟克萊兒一起出門，而不是跟加百列。

克萊兒媽媽這時走進客廳，凱斯媽媽跟在她旁邊一路飄進來，然後身上的光熄滅了。

「凱斯的媽媽跟我聊了一下。」克萊兒的媽媽對克萊兒和加百列說道。

「妳們之前有聊過嗎？」克萊兒好奇地問道。

「喔，有啊。很多次。」克萊兒的媽媽回答，

而凱斯的媽媽則在一旁點頭附和。

「什麼時候？」凱斯和克萊兒兩個人異口同聲地問道，他們各自看著自己的母親。凱斯的媽媽才來到圖書館不久。

「妳不在家的時候。」克萊兒的媽媽邊撥弄頭髮邊說道。

「妳們都聊些什麼？」凱斯發問。

他媽媽朝他做了個表情，她現在不會告訴他兩

位媽媽都聊些什麼，而是要他現在聽聽克萊兒的媽媽怎麼說。

「我知道妳幾分鐘前接到了一通電話，」克萊兒媽媽說道，「凱斯的媽媽認為她失散多年的弟弟現在很有可能在那個女人的房子裡。」

「沒錯，」克萊兒說：「她是斯威特太太，她家離這裡不遠。」克萊兒拿出一張紙片，上面寫著她剛剛記下來的地址。「我知道晚餐時間快到了，但是我可以去嗎？」

「可以，」克萊兒媽媽答道，「但是凱斯的媽媽要跟著妳去。」

克萊兒偏著頭說道，「妳說的好像我要聽她的話一樣。」

兩位媽媽都露出了微笑，「是的，就是這樣沒

有錯。」

* * * * * * * * * *

　　凱斯、芬恩和他們的媽媽，三個幽靈在克萊兒
的水壺裡，一起前往斯威特太太的家。加百列也與
他們同行，小約翰、爸爸、貝奇則是跟科斯莫一起
待在圖書館裡。

　　斯威特太太的房子是一棟小小的，帶有藍色點
綴的白色房子。房子前院沒有草皮，只有花、草叢
跟樹。

　　克萊兒和加百列上前按了門鈴。一個和克萊兒
跟凱斯的媽媽們同齡的女人前來應門，她穿著一件
白色上衣，上面有些油漆污漬，而她牛仔褲的褲管
也捲到了膝蓋上。

　　「你們一定是 C&K 幽靈偵探塔樓的人，」女

人開門時說道，「你們誰是 C？誰是 K？」

「我是克萊兒，所以 C 是我。」克萊兒進門時回答，她不自在地瞄了一眼在水壺裡的凱斯。

「我想那表示 K 是我了。」加百列彆扭地笑了一聲，他沒有報上自己的名字，斯威特太太也沒有多問。

「進來吧。」斯威特太太帶著加百列和克萊兒進入客廳，大片的塑膠套覆蓋著家具還有地板。看得出來斯威特太太正在粉刷沙發後方的牆壁。

「我喜歡這個顏色。」克萊兒看著深綠色的牆壁說道。

斯威特太太微笑說道，「謝謝，我在這裡粉刷第一層油漆的時候，看到妳要找的幽靈。」

凱斯、芬恩，還有他們的媽媽從水壺裡飄了出

來，飄到斯威特太太正前方。她顯然看不到他們，她繼續說道，「那時候我正從油漆桶裡沾油漆，突然間，那個幽靈出現在半空中，就在我面前。」

「它在發光嗎？」加百列問道。

「發光？」斯威特太太面露疑惑。

「不行！」凱斯伸出手指頭警告芬恩，他們是來這裡找戴夫的，不是來嚇斯威特太太的。

芬恩抬起手放在胸前，揚起眉毛，像是在詢問凱斯：*誰？我嗎？*

「當幽靈想要我們人類看到他們時，就會發光。」克萊兒答道。

「聽妳這麼說，我想起他的確散發著藍色的光芒。」斯威特太太說：「我跟妳說，他可不是個開心鬼。」

「*那是……因為……妳把……油漆刷……插……到……我肚子裡！*」這時另一個房間傳來了幽靈的哭嚎聲。

所有人轉頭看。

「戴夫？是你嗎？」媽媽大喊，她朝那個聲音飄去。

「媽，我很抱歉。」芬恩說：「但那不是戴夫的聲音。」

**不，那不是！**凱斯很清楚那是誰的聲音。

第九章

等等⋯⋯

「**康**瑞！」當踏地人和幽靈們一起走進另一個房間時，芬恩驚呼出聲。

康瑞飄浮在餐桌上方問道，「兄弟！你們怎麼會來這裡？」

「我們是來救你的。」凱斯說道。

「那為什麼你們看到我這麼驚訝？」康瑞問。

「我還以為我們是來救戴夫的。」媽媽說道，她試著不讓自己聽起來很失望。

「你們兩個都聽到有人說：『那是因為妳把油漆刷插到我肚子裡！』對吧？」斯威特太太問克萊兒和加百列。康瑞剛剛哭嚷說出那些話，所以斯威特太太也聽到了，但後來幽靈們談論的話，她一個字也沒聽見。而且她也看不到他們任何一個幽靈。

「啊！」康瑞看到加百列時尖叫一聲，他立刻直奔天花板的一個角落。

「你們有看到那個幽靈嗎？」斯威特太太問道。她仍然以為屋子裡只有一個幽靈。

「有，他就在那。」加百列指向康瑞的位置。

康瑞待在原地，但他膨——脹手臂並指著加百列說道，「就是這個傢伙攻擊我和潔絲的！」他看向其他幽靈。「他帶著大風扇把我和潔絲吹出了電影院的大窗外，可能也是他把戴夫吹走

的！如果你們是來救我的，為什麼會帶著這傢伙一起來？」

斯威特太太抬眼看向天花板角落問道，「為什麼你們看得到，而我看不到？」

「因為他現在沒有發光，」加百列回應，「幽靈沒發光時，我們也看得到。但多數人不行。」

斯威特太太的表情顯露出她不曉得該不該相信加百列說的話。

加百列看向克萊兒問道，「我們要怎麼讓他從那裡下來？」

「你何不先退開，讓我來處理？」克萊兒輕輕地將加百列推開，「他看起來很怕你。」

斯威特太太輕笑了兩聲，「幽靈害怕我們？」

「不是我們，只有怕他。」克萊兒說道，她偏

頭指著加百列。「因為他和幽靈一開始在電影院的時候互看不順眼。」

「電影院的一個男人聘僱我去把幽靈趕走，」加百列試圖解釋道，「單純是一份工作。」

克萊兒看向康瑞，她說：「加百列想為他工作的方式向你道歉，他以後再也不會把任何幽靈吹到外面了。他想幫我們找到你，想幫我們找到潔絲還有戴夫。然後帶你們到安全的地方。」

「是這樣嗎？」康瑞警戒地看著加百列。

斯威特太太搖搖頭問道，「這裡發生什麼事了？」

克萊兒朝康瑞舉起水壺承諾道，「我會帶你到任何你想去的地方。你想的話，可以回到

電影院，喬治還在那裡。或是也可以到那接他，然後把你們都帶到圖書館。你們在那會很安全的，然後我們再去找潔絲和戴夫。」

「你可以相信克萊兒，」凱斯對康瑞說道，「你可能不相信加百列，但你可以相信克萊兒。」為了讓康瑞放心，他**縮小……縮小……縮小**飄進克萊兒的水壺裡。

「對啊！來吧，康瑞。」芬恩和他媽媽一起跟著凱斯縮小進入水壺裡時說道，「除非你比較想自己一個人待在這裡。」

「不，我們需要找到潔絲跟戴夫。」康瑞說：「我不知道戴夫發生什麼事，但我知道潔絲發生什麼事。她真的會幫忙嗎？」康瑞指著克萊兒說道。

「會。」凱斯和芬恩同時答道。

於是康瑞也**縮小**……**縮小**……

**縮小**飄進水壺裡加入其他幽靈們。

「好了。」克萊兒向斯威特太太說道，「妳看到的幽靈在這裡面了。」她輕拍了水壺幾下。

「是真的。」加百列附和道，「我有看到。」

斯威特太太撓撓她的耳朵，「嗯…….那謝謝。」她說：「我想……是吧。」

\* \* \* \* \* \* \* \* \* \* \* \* \*

「潔絲怎麼了？」凱斯問康瑞。當克萊兒和加百列走出斯威特太太的房子時，四隻幽靈盤旋在克萊兒的水壺裡。

「我看到她被吹進一輛停放在電影院前的車裡。」康瑞飄到水壺邊，朝克萊兒看去並大聲說道，「拜託！妳要帶我們到電影院去。」

克萊兒為了能跟幽靈好好說話，她舉起水壺然後說道，「好，不過你們是昨天被吹走的。那輛車可能已經沒有停在那裡了。」

「可能……」康瑞說道。

「但是值得去看看，不是嗎？」媽媽問道。

「當然！」克萊兒回應。她將水壺帶子垂掛到肩膀上，就在她和加百列之間。

「嗯，不好意思。」康瑞呼喊克萊兒，「妳可以把我們移到妳的另一側肩膀嗎？」

**「*你覺得我會對你們做什麼？*」**加百列對著幽靈大喊：**「*打開她的水壺把你們倒出來嗎？*」**

這時對街剛好有一個踏地女士推著兒童推車經過，她朝加百列看了一眼，面露驚訝。

「說不定啊!」康瑞說道。

克萊兒把水壺移到另一側肩膀上,幾分鐘後他們抵達市區。

「我沒有看到有幽靈在前面的這些車子裡,」靠近電影院時,克萊兒說道,「你有看到那輛潔絲被吹進去的車子在這裡嗎,康瑞?」

康瑞在克萊兒水壺上的其中一個星星旁邊向外面窺看，然後失落地說：「沒有。」

克萊兒和加百列停下腳步。

「我們現在該怎麼辦？」克萊兒身體傾靠在電影院前的郵筒說道，「我們應該進去接喬治嗎？」

「我覺得我們應該在這裡等到那輛車回來，」康瑞悲傷地搖著頭說：「我不明白她為什麼要放開我的手。當加百列打開風扇時，我們的手還緊握著，甚至被吹出窗外穿越這個郵筒時也是，但是之後她就放手了。然後她就飄到一輛停在那裡的車裡。」他指向現在有一輛載貨車停靠的位置，「我努力飄向那輛車，但身體卻不斷向上飄，飄過這些建築物然後進入那個女人的屋子裡，就是你們找到我的那棟房子。」

「等等，」凱斯直盯著郵筒，「你剛剛是說你穿越了郵筒？」

「對啊，怎麼了？」康瑞問道。

「我在想戴夫是不是也穿越過郵筒。」凱斯抬頭看郵筒後方的大片玻璃窗，然後指向前方，「實際上，如果加百列是從那裡打開風扇的話……那麼他很有可能把戴夫吹到郵筒裡而不是外面！」

「我差不多就是站在那裡打開風扇的。」加百列說道，「兩天都是。」

凱斯盤旋到水壺邊緣，然後伸長脖子看克萊兒，「嘿！克萊兒，」他呼喊：「妳可以把水壺緊貼在郵筒旁嗎？我想看看戴夫是不是在裡面。」

# 第十章

# 找到了！

「**不**許！凱斯。」他媽媽說道,「**太危險了！**如果你回來的時候穿越錯位置怎麼辦?你會被吹走的!」

「我不會全身都穿越進去的,」凱斯說道,「只有我的頭,這樣我就可以看到戴夫有沒有在裡面了,請抓住我的腳吧。」

克萊兒將水壺緊緊貼靠在郵筒旁。凱斯準備將頭探出去時,媽媽卻把他拉了回來,她說:「我來

看戴夫是不是在裡面，你們男生抓住我的腳。」

「如果凱斯敢做的話，那就不是什麼危險的事了啊。」芬恩喃喃道。這時媽媽已經將頭探出克萊兒的水壺進入郵筒裡了。凱斯和芬恩各自抓住媽媽的其中一隻腳。他們必須緊緊抓住，因為突然間媽媽開始亂踢亂晃動。

「媽？妳還好吧？」凱斯問道，他真希望自己也能看到郵筒裡的情形。

「你必須再縮小一點，」媽媽說，她的聲音聽起來空洞又遙遠，「再小一點，像我一樣。」

**媽媽在跟誰說話？**凱斯說對了嗎？是戴夫在裡面嗎？還是潔絲？

三個幽靈男孩緩～慢～地～把媽媽拉回克萊兒的水壺裡，而媽媽則是拉著另一

118

個幽靈。

當另一個幽靈終於從水壺邊緣冒出頭來時，芬恩和康瑞大叫道，「戴夫！」大家必須一同再縮小一些，好讓戴夫有空間進入水壺裡。

媽媽盯著戴夫瞧，「你……你是……？」媽媽無法把話說完。

戴夫揉揉他的雙眼，盯著媽媽瞧，「妳……是……？」他也無法把話說完。

「戴夫？」芬恩擠到他媽媽和幽靈朋友中間，「這是我媽媽伊莉莎，這是我弟弟凱斯。」

「伊莉莎？」戴夫說道。他無法把視線移開，「妳已經是大人了！」

「你也是啊！」媽媽說道。

**芬恩的朋友戴夫就是他們的**

# 戴夫舅舅！他們是同一個人！

**太神奇了**！凱斯心想，看著媽媽和舅舅兩個相擁。

終於，媽媽往後退看了看戴夫後大笑說道，「你是禿頭！」

「還不是！」戴夫說道，他摸了摸耳朵旁邊還有頸後捲曲的頭髮。「嘿！我的帽子去哪了？」他環顧四周。

「你是從哪裡弄來那頂帽子的？反正也很醜啦。」康瑞說道。

「才不醜！」戴夫反駁道，「那是明尼蘇達雙城隊的棒球帽！明尼蘇達雙城隊的棒球帽才不會醜！我多年前在那裡的失物招領發現它的，它曾經是踏地物品，但我把它靈變成幽靈物品了。」他指

向電影院的某一處。

「你可以靈變東西？！」凱斯突然大叫。

「是的。」戴夫回答，然後這時才正式好好地看著凱斯。

「我也可以！」凱斯說道，「我是全家裡唯一一個可以辦到的喔！」

「是，但你還是不會發光。」芬恩喃喃道。

戴夫拍拍他的胸脯，然後自豪地說道，「你一定是從我這裡得到真傳的。」

凱斯媽媽伸手摸摸戴夫的禿頭，而戴夫把她的手撥開說道，「我真希望能夠知道我的帽子發生了什麼事，我在郵筒裡的時候它掉了下來，當我嘗試戴回頭上時，它不斷從我眼前掉落，最後我只好把它抓在手裡。伊莉莎，我一定是在妳抓住我的手的

時候鬆手弄掉了。」

「你在郵筒裡面的時候有縮小嗎？」凱斯問道，他從未看過他舅舅正常大小的樣貌，所以他不知道原本舅舅的身形如何。

「有縮小一點點。」戴夫回答。

「這可能是為什麼它一直從你眼前掉落的原因，你縮小後它就變得不合尺寸了。」凱斯解釋

道，「你沒辦法縮小或膨脹你靈變的東西，這你知道吧？」

「呃……」戴夫舅舅說道，「我想我不知道，我從未嘗試縮小或膨脹我靈變的東西過。」他哀傷地瞄向郵筒，「我要怎麼拿回帽子？如果我不能縮小它，那我就不能把它戴到這個瓶子裡了。」

康瑞鼻哼了一聲，「就把它留在裡面了吧，兄弟。」

「克萊兒可以改天帶一個大一點的箱子回來這，」凱斯提議，「大到可以裝下你的帽子。」

「誰是克萊兒？」戴夫問道。

其他幽靈們指向水壺外的克萊兒，她朝戴夫揮了揮手。而加百列就站在她旁邊靜靜地看著。

戴夫頓時間倒抽了一口氣，他指著加百列對其

他幽靈說道，「就……就是他把我吹出電影院外的！」

康瑞和芬恩一起回應道，「我們知道。」

「我們有很多話要聊。」媽媽拍拍她弟弟的臂膀說道。

「很多。」凱斯也在一旁點頭附和。他們該從哪開始說起好呢？

＊　＊　＊　＊　＊　＊　＊　＊　＊　＊

「我不想跟你們一起去圖書館。」康瑞跟克萊兒說道。這時她和加百列已經從郵筒旁邊走開，「我比較想待在這裡等待潔絲回來，可以請妳帶我回電影院裡嗎？」

「沒問題，」克萊兒說道，她拿起手機查看，「你需要我帶你進去嗎？還是我可以把水壺靠在窗

戶上，然後你再穿越進去？」

「穿越窗戶就可以了。」康瑞說道。

「喬治會很高興看到你。」芬恩說：「我們之前來的時候，他真的嚇得不輕呢！」

「上一回看到他，他躲在男士廁所裡。」凱斯說道。

「也許這陣子別讓踏地人看到或聽到你們比較好，」媽媽對康瑞說道，「因為你不會希望他們打電話叫人來把你們吹走。」

「我會安分一點的，」康瑞說道，「謝謝你們帶我回家。」康瑞飄出克萊兒的水壺並朝他們揮手道別。

接著克萊兒和加百列就帶其他幽靈們回到圖書館，爸爸、小約翰、科斯莫還有貝奇全都在圖書館

的通廊上等他們回來。

「如何？」克萊兒一關上門，爸爸便開口問道。幽靈們紛紛穿越克萊兒的水壺飄了出來。

「快看！有個新幽靈跟著他們一起。」小約翰大喊道。

「汪！汪！」科斯莫邊嗅聞戴夫全身邊吠叫。

媽媽愉悅地對大家說道，「容我為大家介紹，這是我的弟弟，戴夫。」

「幸會。」爸爸握著戴夫的手說道。

「萬歲！我們有個新舅舅。」小約翰興奮地叫道，並奔上前擁抱戴夫的肚腩。

貝奇在原地遲疑不動。

戴夫瞇上眼睛瞧著他說道，「貝奇？是你嗎，老兄弟？你變好老！」

「你……嗯，你也是。」貝奇說道，「你還當我是朋友嗎？」

「當然！」戴夫飄上前摟著貝奇的肩膀，「多年前發生的事只是個意外，我一點都不怨你。」

「謝啦！老兄弟。」貝奇回抱戴夫時說道。

如果戴夫舅舅沒有任何怨言，那也許媽媽、爺爺奶奶也可以原諒貝奇了。或許他們都可以成為朋友。

「我們必須帶你去見爸爸媽媽。」媽媽對戴夫說道，她指的是凱斯的爺爺奶奶。

「明天。」克萊兒領著加百列走向樓梯時說道，「現在已經過晚餐時間了，而我和加百列兩個人要餓昏了！」

「嗯哼，」貝奇不屑地說道，「踏地人總是一直想要吃東西。」

「等等！踏地女孩。」戴夫急忙叫住克萊兒。

克萊兒轉頭警告戴夫，「**不許叫我踏地女孩。**」

「叫她克萊兒。」凱斯說道。

「好，」戴夫清咳兩聲，「克萊兒，我們明天出門的時候。你可以大發善心帶著我跟一個大箱子到郵筒那嗎？好讓我拿回我的帽子。」

「好，」克萊兒說：「只要你稱呼我克萊兒而不是踏地女孩，就可以。」

「或許我們也可以去看看潔絲回到電影院了沒。」凱斯說道。

「之後或許你們可以全部都到我家，然後讓凱斯把我的風扇變回踏地物品。」加百列說：「你說你可以做到的，對吧？」

幽靈們面面相覷。

芬恩朝凱斯眨了眨眼，「其實，是我跟你說的。但是我搞錯了，我不覺得凱斯有辦法把你的風扇變回來。他的幽靈技巧還有很多問題。」

「**很～多～問題。**」小約翰補充。

凱斯聳肩說道，「你的風扇可能要永遠是幽靈

風扇了，我很抱歉。」

國家圖書館出版品預行編目資料

鬧鬼圖書館9：戲院裡的鬼 / 桃莉・希列斯塔・巴特勒（Dori Hillestad Butler）作；奧蘿・戴門特（Aurore Damant）繪；撮撮譯. -- 臺中市：晨星，2018.10

　冊；　公分.--（蘋果文庫；101）

譯自：The Ghost At The Movie Theater #9 (The Haunted Library)

ISBN 978-986-443-504-3（第9冊：平裝）

874.59　　　　　　　　　　　　　107014429

蘋果文庫 101

# 鬧鬼圖書館 9：戲院裡的鬼
## The Ghost At The Movie Theater #9 (The Haunted Library)

作者｜桃莉・希列斯塔・巴特勒（Dori Hillestad Butler）
譯者｜撮撮
繪者｜奧蘿・戴門特（Aurore Damant）

責任編輯｜呂曉婕
封面設計｜伍迺儀
美術設計｜張蘊方
文字校對｜呂曉婕、陳品璇、吳怡萱
詞彙發想｜亞嘎（踏地人、靈靈樓）、郭庭瑄（靈變）

創辦人｜陳銘民
發行所｜晨星出版有限公司
行政院新聞局局版台業字第2500號
總經銷｜知己圖書股份有限公司
地址｜台北　106台北市大安區辛亥路一段30號9樓
TEL：(02)23672044 / 23672047　FAX：(02)23635741
台中　407台中市西屯區工業30路1號1樓
TEL：(04)23595819　FAX：(04)23595493
E-mail｜service@morningstar.com.tw
晨星網路書店｜www.morningstar.com.tw
法律顧問｜陳思成律師
郵政劃撥｜15060393（知己圖書股份有限公司）
讀者專線｜04-2359-5819#230
印刷｜上好印刷股份有限公司
出版日期｜2018年10月01日
定價｜新台幣160元
ISBN 978-986-443-504-3

# 蘋果文庫 悄悄話回函

**親愛的大小朋友：**

感謝您購買晨星出版蘋果文庫的書籍。

即日起，凡填寫此回函並附上郵資55元（工本費）寄回晨星出版，

就可以獲得精美好禮乙份！

（★為必填項目）

★購買的書是：**鬧鬼圖書館9：戲院裡的鬼**_____

★姓名：_____ ★性別：□男 □女 ★生日：西元_____年__月__日

★電話：_____ ★e-mail：_____

★地址：□□□ _____ 縣／市 _____ 鄉／鎮／市／區

　　　　　 _____ 路／街 ___ 段 ___ 巷 ___ 弄 ___ 號 ___ 樓／室

★職業：□學生／就讀學校：_____ □老師／任教學校：_____

　　　　 □服務 □製造 □科技 □軍公教 □金融 □傳播 □其他_____

　怎麼知道這本書的呢？

□老師買的 □父母買的 □自己買的 □其他_____

　希望晨星能出版哪些青少年書籍：（複選）

□奇幻冒險 □勵志故事 □幽默故事 □推理故事 □藝術人文

□中外經典名著 □自然科學與環境教育 □漫畫 □其他_____

　請寫下感想或意見

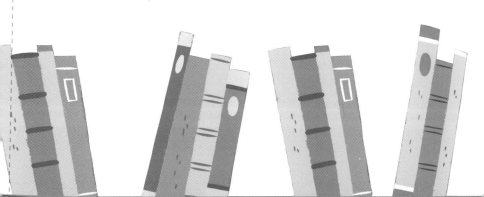

407 台中市工業區30路1號

# 晨星出版有限公司

TEL：（04）23595820　　FAX：（04）23550581

e-mail：service@morningstar.com.tw

http://www.morningstar.com.tw

請延虛線摺下裝訂，謝謝！

# 鬧鬼圖書館9